幼兒全語文 階梯故事 系列

小鴨子生病了

袁妙霞　著
野人　繪

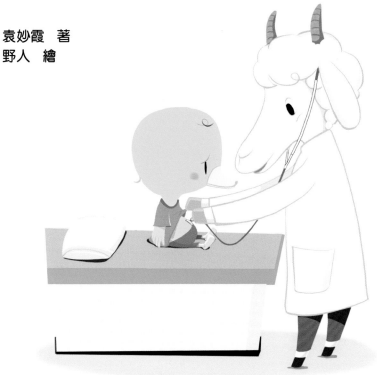

園丁文化

小鴨子生病了，不停咳嗽和流鼻水。
鴨媽媽不讓他上學。

鴨媽媽帶小鴨子去看醫生。
醫生仔細地替小鴨子檢查。

鴨媽媽依照醫生的指示，
讓小鴨子按時吃藥。

鴨媽媽依照醫生的指示，
讓小鴨子好好休息。

鴨媽媽細心照顧小鴨子，小鴨子康復了。
小鴨子高興地說：「我又可以上學了。」

鴨媽媽病倒了，鴨爸爸帶她去看醫生。
醫生仔細地替鴨媽媽檢查。

回到家裏，誰來照顧鴨媽媽呢？
鴨爸爸和小鴨子一起來照顧鴨媽媽。

導讀活動

提問

進行方法：
❶ 讀故事前，請伴讀者把故事先看一遍。
❷ 引導孩子觀察圖畫，透過提問和孩子本身的生活經驗，幫助孩子猜測故事的發展和結局。
❸ 利用重複句式的特點，引導孩子閱讀故事及猜測情節。如有需要，伴讀者可以給予協助。
❹ 最後，請孩子把故事從頭到尾讀一遍。

封面
1. 圖中的小鴨子怎麼了？請說說看。
2. 請把書名讀一遍。

P2
1. 小鴨子怎麼了？他有什麼病徵？
2. 小鴨子生病了，你猜鴨媽媽會怎樣做呢？

P3
1. 你猜對了嗎？鴨媽媽帶小鴨子到哪裏去？
2. 誰會幫助小鴨子？醫生是怎樣幫小鴨子檢查的？請說說看。

P4
1. 圖中的鴨媽媽怎樣照顧小鴨子？
2. 你猜這些藥是誰開給小鴨子吃的？
3. 生病了，為什麼要按照醫生的指示吃藥？請說說看。

P5
1. 吃過藥後，鴨媽媽讓小鴨子做什麼？
2. 為什麼生病了要好好休息？請說說看。

P6
1. 經過吃藥和休息，小鴨子現在怎樣了？
2. 從小鴨子的衣着看來，你猜他要到哪裏去？
3. 你猜小鴨子喜歡上學嗎？

P7
1. 圖中是什麼地方？這次是誰生病了？
2. 誰帶鴨媽媽去看醫生呢？回家後，你猜誰會照顧鴨媽媽呢？

P8
1. 你猜對了嗎？鴨爸爸和小鴨子是怎樣照顧鴨媽媽的？
2. 你生病時，感覺怎樣？家人又會怎樣照顧你呢？請說說看。

名人故事

華佗

今天，我們常用「再世華佗」來形容醫術高明的醫生。華佗究竟是誰呢？

華佗生於公元 145 年的東漢時期。他從小就愛研究醫術，用一生的精力，不斷學習，不斷實踐，終於成為一代名醫。

古時沒有麻醉藥，病人接受手術時，都要忍受極大的痛苦。為了減輕病人的痛苦，華佗想盡各種方法，終於研製成「麻沸散」，這就是世界上最早的麻醉藥了。可惜，麻沸散的配方並沒有留傳下來。

字卡

❶ 把字卡全部排列出來，伴讀者讀出字詞，請孩子選出相應的字卡。
❷ 請孩子自行選出多張字卡，讀出字詞並口頭造句。

請沿虛線剪出字卡。

不停	咳嗽	流鼻水
看醫生	仔細	檢查
依照	指示	按時
吃藥	細心	病倒

幼兒全語文階梯故事系列
第4級（高階篇）

《小鴨子生病了》

©園丁文化

幼兒全語文階梯故事系列
第4級（高階篇）

《小鴨子生病了》

©園丁文化

幼兒全語文階梯故事系列
第4級（高階篇）

《小鴨子生病了》

©園丁文化

幼兒全語文階梯故事系列
第4級（高階篇）

《小鴨子生病了》

©園丁文化

幼兒全語文階梯故事系列
第4級（高階篇）

《小鴨子生病了》

©園丁文化

幼兒全語文階梯故事系列
第4級（高階篇）

《小鴨子生病了》

©園丁文化

幼兒全語文階梯故事系列
第4級（高階篇）

《小鴨子生病了》

©園丁文化

幼兒全語文階梯故事系列
第4級（高階篇）

《小鴨子生病了》

©園丁文化

幼兒全語文階梯故事系列
第4級（高階篇）

《小鴨子生病了》

©園丁文化

幼兒全語文階梯故事系列
第4級（高階篇）

《小鴨子生病了》

©園丁文化

幼兒全語文階梯故事系列
第4級（高階篇）

《小鴨子生病了》

©園丁文化

幼兒全語文階梯故事系列
第4級（高階篇）

《小鴨子生病了》

©園丁文化